LE SECRET DE HANGING ROCK

JOAN LINDSAY

*Le dernier chapitre de Pique-Nique à Hanging
Rock de Joan Lindsay
Avec une préface de John Taylor et un commentaire
d'Yvonne Rousseau*

*Traduit de l'anglais (Australie) par
Marie-Laure Vuaille-Barcan*

ETT IMPRINT

Newcastle-Paris Link

Première édition en langue française publiée par ETT Imprint, Exile Bay, 2023

Première publication en Australie par Angus & Robertson Publishers, une marque de HarperCollins Publishers Pty Ltd, en 1987
Première publication par ETT Imprint en 2016. Réimpressions 2018, 2019, 2021, 2022, 2023

Chapitre 18 de "Picnic at Hanging Rock" de Joan Lindsay © Paul Hopmeier
The Invisible Foundation Stone © Paul Hopmeier
A commentary © Succession d'Yvonne Rousseau

Traduction © Marie-Laure Vuaille-Barcan 2023

ETT IMPRINT
PO Box R1906
Royal Exchange NSW 1225
Australia
ISBN 978-1-923024-53-3 (paper)
ISBN 978-1-923014-54-0 (ebook)

Dans la série Newcastle-Paris Link
En mémoire de Jean-Paul Delamotte

Couverture : Une photo du film *Picnic at Hanging Rock*
Conception de Tom Thompson

SOMMAIRE

Tableau de William Ford, At the Hanging Rock, 1875, avec détail en dessous.

PRÉFACE

JOHN TAYLOR

Pique-nique à Hanging Rock, le roman de Joan Lindsay, a été lu par plusieurs millions de personnes en anglais, en français, en espagnol et en italien, et des dizaines de millions d'autres en ont vu la version cinématographique.

L'attrait du roman vient principalement de deux choses : la façon dont il combine des événements mystérieux et effrayants avec le portrait d'une époque évoquée avec une tendre nostalgie, et le fait que le mystère n'est pas résolu à la fin.

L'histoire proprement dite peut être résumée en peu de mots. Un groupe d'écolières partent en pique-nique le jour de la Saint-Valentin, en 1900. Quatre d'entre elles quittent le groupe pour explorer le Rocher (Hanging Rock). L'une des maîtresses d'école s'éloigne également. Comme elles ne reviennent pas à l'heure dite, des recherches sont organisées. La plus jeune des filles apparaît à flanc de coteau, dans un état hystérique, mais ne se souvient de presque rien. Il n'y a aucune trace des trois autres filles ni de la maîtresse. Une semaine plus tard, l'une des filles est retrouvée sur le rocher, avec quelques coupures et ecchymoses sur les mains et le visage, mais ses pieds nus sont intacts et elle ne se souvient pas de l'endroit où elle est allée.

Une intrigue aussi improbable ne pourrait pas fonctionner sans une écrivaine de grand talent. C'est peut-être parce que nous sommes tellement convaincus de l'authenticité de l'époque, du lieu et des gens que nous pouvons accepter le mystère pour ce qu'il est. Joan Lindsay a écrit avec un sens aigu de l'observation, une finesse d'esprit et un humour qui nous portent jusqu'à cette conclusion déroutante. Nous ne nous sentons pas lésés, car une telle écrivaine ne triche pas.

On a tenté d'« expliquer » ce mystère non résolu en suggérant qu'il était dérivé ou inspiré de l'incident des grottes de Marabar dans *A Passage to India* (La route des Indes) d'E. M. Forster, ou d'un incident apparemment fabriqué décrit dans un livre intitulé *The Ghosts of Versailles* (*Les fantômes de Versailles*). Rien ne prouve que Joan Lindsay ait jamais lu l'un ou l'autre de ces livres. Selon ses propres dires, l'histoire lui est « venue comme ça » par étapes, alors qu'elle restait éveillée la nuit, et a été transcrite à toute vitesse le lendemain matin.

Mais ce qui lui est venu comprenait bien la fin, et si nous n'avons pas été lésés, nous avons été induits en erreur.

Joan Lindsay a gardé le silence sur le chapitre final par égard pour ses éditeurs et les réalisateurs du film. Cependant, elle a clairement exprimé le souhait qu'il soit publié après sa mort. Dans ce contexte, il semble absurde que de nombreuses personnes aient soutenu qu'il ne devait pas être publié, comme si elles en savaient plus que l'auteure ou avaient le droit de la contredire.

Néanmoins, des milliers d'autres personnes ont demandé à connaître le secret, et ils le possèdent maintenant avec son consentement.

Lorsque, pour plaire à son éditeur, Joan Lindsay a accepté de supprimer le dernier chapitre, ce n'est pas le seul changement qu'elle a effectué.

Au début du roman se trouve une note de l'auteure : « Que Pique-nique à Hanging Rock soit Réalité ou Fiction, c'est à mes lecteurs d'en décider par eux-mêmes ». Comme le pique-nique fatidique a eu lieu en l'an mille neuf cent, et que tous les personnages qui apparaissent dans ce livre sont morts depuis longtemps, cela ne semble guère important.

Mais après l'avoir écrite, elle l'a modifiée pour qu'on y lise « Réalité ou Fiction, ou les deux ». Ces mots n'ont jamais été inclus, mais ils poussent à la réflexion.

De nombreuses personnes ont passé des heures à faire des recherches dans de vieux journaux et des archives, dans l'espoir de trouver la « réalité ». Yvonne Rousseau, dans sa remarquable parodie érudite *The Murders at Hanging Rock* (les Meurtres à Hanging Rock) a montré qu'un nombre étonnant de « solutions » pouvaient être rendues plausibles en combinant réalité et fiction. Elle a mis au jour le fait essentiel que la date supposée du pique-nique n'était pas un samedi, comme l'a dit l'auteure, mais un mercredi.

Il est remarquable que *Pique-nique à Hanging Rock* soit la seule œuvre de Joan Lindsay à comprendre des dates. On ne s'étonnera pas de les trouver ambiguës.

Joan Lindsay en 1925.

LA PREMIÈRE PIERRE INVISIBLE

JOHN TAYLOR

Le chapitre dix-huit de *Pique-nique à Hanging Rock* a suscité un grand nombre de théories absurdes.

Joan Lindsay l'a écrit comme un élément de son roman, avec l'intention de le publier. Il appartient à chaque lecteur de décider s'il aurait « gâché » l'histoire s'il avait été inclus. Les lecteurs des éditeurs ont estimé qu'il devait être supprimé. Il s'agissait d'une décision d'ordre purement littéraire, mais les historiens pourraient bien décider que cela a indirectement mené à la création de l'industrie cinématographique australienne telle que nous la connaissons, car il est très peu probable qu'il y aurait eu une ruée pour acheter les droits du film en 1972 si le chapitre dix-huit n'avait pas été supprimé.

Comme chacun peut le constater, ce chapitre est tout à fait impossible à filmer. Le cinéma ne peut travailler qu'avec ce que Dieu lui donne, et Dieu ne lui a pas donné la même élasticité qu'au roman - bien que les gens continuent d'essayer, comme le montre toujours le sol jonché d'épreuves des salles de montage.

Je crois savoir que l'une des plus belles séquences jamais filmées était celle de Mrs Appleyard s'élançant sur le Rocher pour se suicider, entre un incendie de forêt déchaîné et un orage qui se rapprochait.

Mais Dieu a décrété qu'on ne pouvait montrer qu'un nombre limité de personnes escaladant un rocher donné dans une seule image, et la décision du monteur a été sans appel. Nous n'avons vu qu'un sous-titre.

Joan, à ma grande surprise, m'a remis le manuscrit du chapitre dix-huit en décembre 1972.

En tant que responsable de la promotion pour son éditeur (Cheshire, Melbourne), j'ai eu la tâche ingrate de traiter avec les différentes personnes qui cherchaient à acheter les droits du film. Cela ne faisait pas partie de mon travail et je n'y connaissais pas grand-chose. Finalement, j'ai constaté que Pat Lovell et Peter Weir étaient les meilleurs candidats, et je les ai emmenés rencontrer Lady Lindsay chez elle, à Mulberry Hill.

Comme d'habitude avec Joan, elle a immédiatement décidé qu'il s'agissait des bonnes personnes. Nous aurions tout aussi bien pu partir au bout de cinq minutes. Nous avons cependant passé un agréable après-midi à bavarder, à regarder ses photos et à être charmés par elle, un effet qu'elle produisait sans le moindre effort ni artifice.

En tant que professionnel de l'édition, je n'avais bien sûr pas lu le livre.

Les gens qui travaillent dans l'édition ont rarement le temps de lire quoi que ce soit, ce qui explique une grande partie des tensions qui se créent entre eux et les auteurs. Les éditeurs désignent les livres par le terme de « titres » et, collectivement, par celui de « listes ». Les listes de titres sont l'essence même de l'édition. Les pages imprimées prennent trop de temps à lire.

Je suis donc resté perplexe à un moment donné de la conversation, qui portait sur une sorte de mystère non résolu. J'ai hoché sagement la tête et je me suis dit que je ferais mieux de me procurer un exemplaire et de le lire pendant le week-end, ce que j'ai fait.

Quand j'ai revu Joan, j'ai mentionné que j'avais remarqué certaines choses qui ne collaient pas et que j'en avais tiré quelques conclusions. Elle m'a dit : « Ah ! Vous êtes l'une des rares personnes à l'avoir remarqué ». Je me suis senti heureux d'avoir rejoint ce club fermé.

Quelques mois plus tard, Joan m'a pris à part après un déjeuner dans son club avec quelques amis. Elle a sorti une liasse de feuillets manuscrits et m'a dit :

- Je vous les donne parce que vous êtes la seule personne à avoir découvert le secret.

- Mais Lady - vient de me dire au déjeuner qu'elle connaissait le secret, ai-je protesté.

- Oh, elle ne l'a pas découvert, a répondu Joan. Elle était constamment sur mon dos et j'ai fini par lui dire.

Après tout, elles étaient de vieilles amies.

Qu'avais-je découvert ? Rien de plus que le fait que certains mots du chapitre trois ne semblaient pas au bon endroit - que les références aux « volutes de fumée rosée » et aux « roulements lointains de tambours » semblaient anticiper des événements ultérieurs et que l'auteure semblait jouer avec le temps.

Comme il apparaît clairement aujourd'hui, certains passages du chapitre dix-huit ont été transférés (et pas de manière très experte) au chapitre trois.

Le manuscrit utilisé par l'éditeur et le typographe n'a pas survécu, de sorte qu'il n'est pas possible d'examiner la méthode utilisée. Avec le recul, cela ressemble plus à un travail de découpage et de collage qu'à une réécriture du chapitre.

(Entre la lecture du livre et la discussion que j'ai eue avec l'auteure au sujet de mes découvertes, j'ai essayé de trouver le manuscrit. On m'a dit qu'il se trouvait dans l'entrepôt, mais lorsque je l'ai réclamé, on m'a répondu qu'il avait été mis au pilon avec les divers livres invendables qui, de temps en temps, finissaient chez les fabricants de carton. À l'époque, les éditeurs avaient l'impression d'être propriétaires des manuscrits qu'ils publiaient. L'arrêt Moorhouse a changé cette conception - trop tard dans ce cas).

Pour autant que je sache, la méthode de Joan consistait à écrire à la main, puis à dactylographier un brouillon, et peut-être un second brouillon. Je ne connais aucun brouillon manuscrit qui ait survécu - elle et Sir Daryl avaient l'habitude de brûler les papiers et les dessins dont ils ne voulaient pas, et il ne fait aucun doute que la version manuscrite a péri ainsi. Le chapitre dix-huit est tiré d'un brouillon dactylographié et n'a probablement jamais été révisé. Le manuscrit à partir duquel le livre a été publié pourrait avoir été révisé, mais on ignore dans quelle mesure.

Le fait qu'elle a effectué des copies carbone de la première version dactylographiée est évident si l'on considère qu'une copie du chapitre dix-huit a été retrouvée parmi ses papiers, dont le National Trust a hérité en même temps que les biens de Mulberry Hill.

Dans *The Murders at Hanging Rock* (1980), Yvonne Rousseau, travaillant à partir de la version publiée telle que nous la connaissons, a largement profité de diverses anomalies que d'autres n'avaient pas remarquées.

Je n'ai jamais rencontré Mrs Rousseau, et je ne suis pas sûr de vouloir le faire - elle fait passer Sherlock Holmes pour un amateur, et de telles personnes peuvent être déconcertantes. Comme Sherlock Holmes, elle a dû travailler en partant de la fin (c'est ainsi que Conan Doyle construisait ses histoires - d'abord la solution, puis le mystère).

Sans solution de départ, elle a travaillé à rebours, à partir de ce que le texte semblait dire, ce qui, souvent, n'est pas l'intention de l'auteur. Il est regrettable que Mrs Rousseau ait été privée du plaisir que j'ai eu à être le premier à repérer les éléments du chapitre trois qui ne collent pas tout à fait. À mon grand regret, j'ai révélé l'endroit où se trouvent les indices à un journaliste de Melbourne en 1976 - et on n'en finit pas de l'entendre parler de sa « solution ».

Néanmoins, j'attribue tous les honneurs à Mme Rousseau - si elle fait passer Holmes pour un amateur, moi, elle me fait passer pour un faible d'esprit. Je conseille à tous ceux qui ne l'ont pas encore fait de lire *The Murders at Hanging Rock*. Produire cinq « solutions » aussi convaincantes et totalement contradictoires à un mystère qui n'a jamais été censé en être un (sauf dans la mesure où le chapitre dix-huit est mystérieux) est un exploit étonnant.

Presque tous ceux qui vivent en Australie ont entendu parler des histoires qui ont circulé dans les médias au début de février 1985 à propos de la « révélation » de l'existence du chapitre dix-huit.

Le journalisme n'est certes pas un art exact, mais il y a quelque chose d'assez impressionnant dans la façon dont quelques faits simples ont été métamorphosés en une accumulation d'interprétations fautives. Je me suis retrouvé à être cité en train de dire des choses que je niera jusqu'à ma mort, à dire des bêtises non scientifiques sur les « fuseaux horaires » et à être d'accord avec des gens dont je savais pertinemment qu'ils avaient tort.

L'impression générale que le chapitre dix-huit soit n'existait pas, soit était un faux, soit appartenait au domaine public mais que je l'avais volé pour mon propre compte, survivra probablement dans les archives des journaux longtemps après que ces mots auront été oubliés.

Joan m'a donné les droits d'auteur, à utiliser à ma discrétion après sa mort (elle avait 84 ans à l'époque), car elle était horrifiée par le flot de demandes de renseignements qui lui parvenaient, en particulier après la réalisation du film. Chaque fois que la « solution » fantaisiste était annoncée dans un journal, le flot augmentait. En tant qu'agent littéraire, j'ai dû répondre à ces demandes, en me contentant de dire que Lady Lindsay ne souhaitait pas en discuter.

Même si elle savait pertinemment que l'énorme succès du livre et du film avait beaucoup à voir avec le mystère de « ce qui s'était réellement passé », il lui arrivait de regretter de ne pas avoir publié le dernier chapitre pour s'épargner ce harcèlement.

Elle était également irritée quand on lui demandait si le roman était basé sur des événements « réels ». Tout artiste est insulté par la suggestion que pour faire de l'art il s'agit simplement de transcrire la réalité, et sait qu'il est impossible d'expliquer comment l'imagination peut transformer non seulement les événements et les personnes, mais aussi l'artiste, en des « réalités » tout à fait différentes.

Mais au-delà de cela, la réalité avait une façon de se comporter un peu différemment avec Joan. Elle ne pouvait pas porter de montre, parce que les montres avaient tendance à s'arrêter - non seulement sur elle, mais aussi sur les gens autour d'elle.

Elle pensait qu'il était absurde

de porter une alliance - alors un oiseau est complaisamment entré par la fenêtre et a emporté la sienne jusqu'à son nid dans un grand pin (où elle se trouve peut-être encore).

Je ne sais pas si elle a rapporté cette anecdote ailleurs, mais elle m'a raconté qu'aux alentours de 1929, alors que son mari l'emmenait à Creswick pour dîner avec sa mère, Joan a observé un spectacle étrange : une demi-douzaine de religieuses couraient désespérément à travers un champ et escaladaient une clôture. Son mari n'a rien vu. Perplexe, elle a demandé à sa belle-mère s'il y avait un couvent dans la région. Elle lui a répondu que oui, mais qu'il avait brûlé des années auparavant.

(Des années plus tard, à Londres, son cousin Martin Boyd déplorait le fait qu'il avait été engagé pour écrire un roman, mais qu'il n'avait aucune idée, pas même de titre : pouvait-elle lui en suggérer un ? Joan a répondu : « Nonnes en péril », et cela a suffi).

Avec une réalité de cet ordre et la fierté d'une artiste qui a produit une œuvre unique, il n'est pas surprenant que Joan ait souhaité que tout le monde accepte son œuvre pour ce qu'elle était et ne l'ennuie pas.

Mais un jour, elle m'a remis d'autres lettres de personnes qui avaient fait des recherches infructueuses dans de vieux journaux, dans l'espoir de trouver les « vrais » événements. J'ai fait la remarque qu'il était triste qu'elles perdent autant de temps. « Oui, a répondu Joan, et puis, distraitement, elle a ajouté : « mais quelque chose s'est bien passé ».

Que ce quelque chose ait apparu dans les journaux, dans une anecdote qu'elle avait entendue ou dans les interconnexions de son imagination avec un autre monde ou une autre époque, je n'en avais aucune idée - et je savais qu'il valait mieux ne pas poser la question.

Il est certain qu'elle voulait que le chapitre dix-huit paraisse. Quel artiste souhaite dissimuler une œuvre sans défaut ? Je pense qu'elle en est venue à penser qu'il valait mieux ne pas l'imprimer. Elle respectait scrupuleusement les intérêts de ceux qui exploitaient son travail et comprenait que cela pouvait aller à l'encontre de ces intérêts. Ce n'est plus le cas aujourd'hui.

Voici donc la première pierre, jusqu'alors invisible, sur laquelle l'industrie cinématographique australienne s'est bâtie.

« La pierre qu'ont rejetée les bâtisseurs est devenue la pierre d'angle du temple. » (Psaume CXVIII)

Et pour ce qu'ils ont reçu, que Saint Valentin rende les producteurs et les commissions de films d'Australie vraiment reconnaissants.

LES PERSONNAGES
MENTIONNÉS

Miranda
L'élève la plus populaire du collège Appleyard,
blonde et mince,
comme un « ange de Botticelli »

Irma Leopold
L'élève la plus riche du collège,
avec des « lèvres rouges et pleines,
des yeux noirs malicieux et des boucles noires
brillantes »

Marion Quade
L'élève la plus intelligente du collège,
avec des « traits fins et intelligents »

Edith Horton
La cancre du collège,
« laide comme un pou »,
« à la silhouette de coussin trop rembourré »

Miss Greta McCraw
La professeure de mathématiques du collège,
« une femme de grande taille à la peau sèche et
jaune et à l'épaisse chevelure grisonnante »

Mrs Appleyard
La directrice du collège Appleyard,
« une immense silhouette résolue …
tel un galion toutes voiles déployées ».

L'honorable Michael Fitzhubert
Le neveu anglais du colonel et de Mme
Fitzhubert de Lake View,
« un jeune homme blond et mince ».

Ci-dessus : la première édition de 1967.
En-dessous : la machine à écrire de Joan Lindsay.

Chapitre dix-huit

JOAN LINDSAY

Cela se passe maintenant. Comme cela se passe depuis qu'Edith Horton a couru en trébuchant et en criant vers la plaine. Comme cela se passera jusqu'à la fin des temps. Ni la chute d'une feuille ni le vol d'un oiseau ne modifie jamais la scène. Pour les quatre personnes sur le rocher, elle se déroule toujours dans le crépuscule tiède d'un présent sans passé. Leurs joies et leurs peines sont pour toujours nouvelles.

Miranda a un peu d'avance sur Irma et Marion qui avancent difficilement à travers les cornouillers. Ses cheveux jaunes et raides se balancent comme de la barbe de maïs autour de ses épaules saillantes. Telle une nageuse, elle fend vague après vague le vert poussiéreux. Un aigle planant au zénith aperçoit un mouvement inhabituel de taches plus claires parmi les broussailles en contrebas, et s'envole vers des airs plus élevés et plus purs. Enfin, les buissons s'éclaircissent devant le flanc d'une petite falaise qui retient les dernières lueurs du soleil. Ainsi, pendant un million de soirées d'été, les motifs se forment et se reforment sur les rochers et les cimes de Hanging Rock.

Le plateau sur lequel elles avaient maintenant émergé des broussailles avait à peu près la même configuration que celui qui se trouvait plus bas : des rochers, des pierres branlantes et, de temps en temps, un arbre rabougri. Des touffes de fougères caoutchouteuses s'agitaient faiblement dans la lumière pâle. La plaine en contrebas était infiniment vague et lointaine. En regardant entre les rochers, elles pouvaient à peine distinguer de petites silhouettes qui allaient et venaient, à travers des volutes de fumée rosée. Une forme sombre qui aurait pu être un véhicule à côté du reflet de l'eau.

- Qu'est-ce que ces gens peuvent bien faire là-dessous, à s'agiter comme des fourmis affairées ? Marion s'approcha d'Irma et regarda par-dessus son épaule.

- Une surprenante proportion d'êtres humains vaquent sans but. Irma gloussa.

- Et j'ose dire qu'ils se croient très importants.

Les fourmis et leurs feux furent abandonnés sans autre commentaire. Bien qu'Irma ait été consciente, pendant un certain temps, d'un bruit assez curieux qui s'élevait de la plaine, comme des roulements lointains de tambours.

Miranda fut la première à apercevoir le monolithe, un unique affleurement de pierre ressemblant à un œuf gigantesque, qui se détachait nettement de la paroi rocheuse au-dessus d'un précipice qui surplombait la plaine. Irma, à quelques pas derrière les deux autres, les vit s'arrêter soudain, tanguer un peu, la tête penchée et les mains sur la poitrine comme pour se stabiliser contre un coup de vent.

- Qu'y a-t-il, Marion ? Quelque chose ne va pas ?

Les yeux de Marion étaient fixes et brillants, ses narines dilatées, et Irma pensa vaguement qu'elle ressemblait à un lévrier.

- Irma ! Tu ne le sens pas ?

- Sentir quoi, Marion ?

Pas une brindille ne bougeait sur les petits arbres desséchés.

- Le monolithe. Il attire, comme une marée. Il est sur le point de me retourner, si vous voulez savoir.

Marion Quade plaisantait rarement. Irma avait peur de sourire. D'autant plus que Miranda la questionnait à nouveau par-dessus son épaule.

- De quel côté le sens-tu le plus fortement, Marion ?

- Je ne saurai pas dire. On dirait que nous tournons en spirale à la surface d'un cône - dans toutes les directions à la fois.

Encore des mathématiques ! Lorsque Marion Quade se montrait particulièrement idiote, c'était souvent à propos de calculs. Irma dit d'un ton léger :

- Cela ressemble plutôt à un cirque ! Allez, les filles, on ne va pas rester à regarder ce grand truc pour toujours.

Dès que le monolithe fut dépassé et hors de vue, toutes les trois eurent soudain une envie irrépressible de dormir. Allongées en rang sur le sol lisse d'un petit plateau, elles tombèrent dans un sommeil si profond qu'un lézard sortit de dessous un rocher et se posa sans crainte dans le creux du bras de Marion, tandis que plusieurs scarabées à l'armure de bronze faisaient nonchalamment le tour de la tête jaune de Miranda.

Celle-ci se réveilla la première, dans un crépuscule incolore où chaque détail était intensifié, chaque objet clairement net et distinct. Un nid abandonné coincé dans la fourche d'un arbre mort depuis longtemps, avec chaque brin et chaque plume tissés et entrelacés de façon complexe ; les jupes de mousseline déchirées de Marion, cannelées comme un coquillage ; les boucles sombres d'Irma se détachant de son visage en une exquise confusion de spirales, les cils dessinés en touches audacieuses sur les pommettes. Tout, si seulement vous pouviez le voir assez clairement, comme ça, est beau et complet. Tout a sa propre perfection.

Un petit serpent brun traînant son corps écailleux sur les cailloux fit un bruit comme le vent qui passe sur le sol. L'air entier bruissait de vie microscopique.

Irma et Marion dormaient encore. Miranda pouvait entendre les battements séparés de leurs deux cœurs, comme deux petits tambours, chacun à un tempo différent. Et dans le sous-bois, au-delà de la clairière, des craquements de brindilles, là où une créature vivante se déplaçait vers elles sans être vue à travers les broussailles. Elle s'approchait, et les craquements fendirent le silence tandis que les buissons étaient violemment écartés et qu'une chose lourde était propulsée pour atterrir presque sur les genoux de Miranda.

C'était une femme au visage décharné, éreinté, barré de sourcils noirs et broussailleux. une figure clownesque vêtue d'un caraco de calicot déchiré et d'une longue culotte à volants en dessous des genoux qui appartenaient à deux jambes en forme de bâton, qui sortaient péniblement de bottes noires à lacets.

- A travers ! haleta la bouche grande ouverte, - A travers !

La tête ébouriffée tomba sur le côté, les yeux aux paupières tombantes se fermèrent.

- Elle a l'air malade, dit Irma. D'où vient-elle ?

- Mets ton bras sous sa tête, dit Miranda, pendant que je délace son corset.

Libérée des enveloppes qui l'enserraient, la tête appuyée sur un jupon plié, la respiration de l'inconnue se fit plus régulier, l'expression du visage se détendit et, bientôt, elle se retourna sur le rocher et s'endormit.

- Pourquoi ne nous débarrassons-nous pas toutes de ces vêtements absurdes ? demanda Marion. Après tout, nous avons bien assez de côtes pour nous maintenir à la verticale.

Les quatre paires de corsets furent jetées sur les rochers et une délicieuse impression de fraîcheur et de liberté se fit sentir, ce qui immédiatement perturba le sens de l'ordre de Marion.

- Tout dans l'univers a sa place, à commencer par les plantes. Oui, Irma, je le pense vraiment. Tu n'as pas besoin de ricaner. Même nos corsets sur Hanging Rock.

- Eh bien, tu ne trouveras pas d'armoire, dit Irma, même si tu cherches bien. Où pouvons-nous les mettre ?

Miranda suggéra de les jeter dans le précipice.

- Donnez-les-moi.

- De quel côté sont-ils tombés ? demanda Marion. Je me tenais juste à côté de vous, mais je ne saurais pas dire.

- Tu ne les as pas vus tomber parce qu'ils ne sont pas tombés. La voix croassante et précise leur parvint comme le son d'une trompette de la bouche de la femme-clown, maintenant assise et paraissant parfaitement à l'aise sur le rocher.

- Je pense, ma fille, que si tu tournes la tête vers la droite et que tu regardes à peu près au niveau de ta taille...

Elles tournèrent toutes la tête vers la droite et c'est là, bien sûr, que se trouvaient les corsets, encalminés dans l'air sans vent comme une flotte de petits bateaux.

Miranda avait ramassé une branche morte, assez longue pour les atteindre, et s'acharnait sur ces choses stupides qui semblaient collées sur le fond d'air gris.

- Laisse-moi essayer ! dit Marion. Vlan ! Vlan ! Ils doivent être coincés dans quelque chose que je ne peux pas voir.

- Si vous voulez mon avis, croassa l'inconnue, ils sont coincés dans le temps. Toi, avec tes boucles, qu'est-ce que tu regardes ?

- Je ne voulais pas vous fixer. C'est seulement quand vous avez parlé de l'heure que j'ai eu la drôle d'impression de vous avoir déjà rencontrée quelque part. Il y a longtemps.

- Tout est possible, à moins qu'il ne soit prouvé que c'est impossible. Et encore.

La voix éraillée avait un ton d'autorité convaincant.

- Et maintenant, puisqu'il semble que nous ayons été précipitées ensemble à un niveau commun d'expérience – j'ignore pourquoi - puis-je avoir vos noms ? J'ai apparemment laissé mon propre badge quelque part là-bas. Elle fit un signe de la main en direction du mur de broussailles.

- Peu importe. J'ai l'impression de m'être débarrassée d'une bonne partie de mes vêtements. Mais je suis là. La pression sur mon corps physique a dû être très forte. Elle se passa la main sur les yeux et Marion demanda avec une étrange humilité :

- Suggérez-vous que nous devrions continuer avant que la lumière disparaisse ?

- Pour une personne de votre intelligence - je vois très bien votre cerveau - vous n'êtes pas très observatrice. Comme il n'y a pas d'ombres ici, la lumière est elle aussi immuable.

Irma avait l'air inquiète.

- Je ne comprends pas. S'il vous plaît, cela veut-il dire que s'il y a des grottes, elles sont remplies de lumière ou d'obscurité ? Je suis terrifiée par les chauves-souris.

Miranda rayonnait.

- Irma, ma chérie, tu ne vois pas ? Cela signifie que nous arrivons dans la lumière !

- Arriver ? Mais Miranda... où allons-nous ?

- La jeune Miranda a raison. Je peux voir son cœur, et il est plein de compréhension. Toute créature vivante doit arriver quelque part. Si je ne sais rien d'autre, je sais au moins cela.

Elle s'était levée et, pendant un instant, elles la trouvèrent presque belle.

- En fait, je pense que nous arrivons. Maintenant.

Un vertige soudain fit tourner tout son être comme une toupie. Cela passa, et elle vit le trou devant elle.

Ce n'était pas un trou dans les rochers, ni un trou dans le sol. C'était un trou dans l'espace. De la taille d'une lune d'été bien ronde, qui allait et venait. Elle le voyait comme les peintres et les sculpteurs voient un trou, comme une chose en soi, donnant forme et signification à d'autres formes. Comme une présence, et non une absence - une affirmation concrète de la vérité. Elle sentit qu'elle pourrait continuer à le regarder éternellement, émerveillée et ravie, d'en haut, d'en bas, de l'autre côté. Il était aussi solide que le globe terrestre, aussi transparent qu'une bulle d'air. Une ouverture, facilement franchissable, et pourtant pas incurvée du tout.

Elle avait passé sa vie à se poser des questions et maintenant elle avait la réponse, simplement en regardant le trou. Il disparut et elle fut enfin en paix. Le petit serpent brun était réapparu et se trouvait à côté d'une fissure qui s'étendait quelque part sous la partie inférieure de deux énormes rochers en équilibre l'un sur l'autre. Lorsque Miranda se pencha et toucha ses écailles aux motifs exquis, il s'enfuit dans un enchevêtrement de plantes grimpantes géantes.

Marion s'agenouilla à côté d'elle et, ensemble, elles commencèrent à enlever les gravillons et les tiges emmêlées.

- Il est descendu par là. Regarde, Miranda, par cette ouverture. Un trou - peut-être l'entrée d'une grotte ou d'un tunnel, bordée de feuilles meurtries en forme de cœur.

- Vous conviendrez que j'ai le privilège d'entrer en premier ?

- D'entrer ? dirent-elles, en observant l'embouchure étroite de la grotte et les hanches larges et anguleuses.

- C'est très simple. Vous pensez en termes de mesures linéaires, jeune Marion. Lorsque je vous donnerai le signal - probablement un coup sur la pierre - vous pourrez me suivre, et la jeune Miranda pourra vous suivre. Est-ce bien compris ?

Le visage éreinté était radieux.

Avant que quiconque ait pu répondre, le torse aux longs os s'aplatissait sur le sol à côté du trou, pour se conformer aux besoins d'une créature créée pour ramper et s'enfouir sous la terre. Les bras minces, croisés derrière la tête aux yeux brillants et fixes, devinrent les pinces d'un crabe géant qui habite les billabongs boueux. Lentement, centimètre par centimètre, le corps se traîna à l'intérieur du trou. D'abord la tête disparut, puis les culottes à volants, les longs bâtons noirs des jambes soudés comme une queue se terminant par deux bottines noires.

- J'ai hâte d'entendre le signal, dit Marion. Lorsque quelques coups fermes se firent entendre sous le rocher, elle entra sans difficulté, la tête la première, lissant sa chemise sans un regard en arrière.

- C'est mon tour, dit Miranda. Irma regarda Miranda agenouillée près du trou, ses pieds nus enfoncés dans les feuilles - si calme, si belle, si intrépide.

- Oh, Miranda, ma chère Miranda, ne descends pas, j'ai peur. Rentrons à la maison !

- A la maison ? Je ne comprends pas, mon petit amour. Pourquoi pleures-tu ? Écoute ! Est-ce Marion qui tape ? Je dois y aller.

Ses yeux brillaient comme des étoiles. Le tapotement recommença. Miranda traîna ses longues et belles jambes derrière elle et disparut.

Irma s'assit sur un rocher pour attendre. Une procession d'insectes minuscules serpentait dans un désert de mousse sèche. D'où venaient-ils ? Où allait tout le monde ? Pourquoi, oh pourquoi, Miranda avait-elle plongé sa tête lumineuse dans un trou sombre du sol ? Elle leva les yeux vers le ciel morne et incolore, vers les fougères ternes et caoutchouteuses, et éclata en sanglots.

Depuis combien de temps était-elle restée à fixer l'ouverture de la grotte, à observer et à écouter, à guetter le signal de Miranda ? Écouter et observer, observer et écouter. Deux ou trois petits ruisseaux de sable s'échappèrent du plus bas des deux énormes blocs et dévalèrent la pente en tambourinant jusqu'aux feuilles plates et recourbées de la plante, alors que le gros rocher s'inclinait lentement vers l'avant et tombait avec une précision insolente juste devant le trou.

Irma s'était précipitée sur le sol et s'acharnait sur la face granuleuse en arrachant et en frappant à mains nues. Elle avait toujours été douée pour la broderie. C'étaient de jolies petites mains, douces et blanches.

FIN

COMMENTAIRE DU
Chapitre dix-huit
YVONNE ROUSSEAU

Joan Lindsay a convenu avec son éditeur que *Pique-nique à Hanging Rock* serait publié sans son chapitre dix-huit d'origine. Pour compenser la perte d'informations, des changements ont dû être apportés au chapitre trois, quand les filles disparaissent sur le Rocher. Accessoirement, ces changements ont ajouté une côte et une ceinture de cornouillers à la scène, ce qui a compliqué la tâche des visiteurs de Hanging Rock qui voulaient cartographier l'itinéraire décrit dans le livre. Un carnet et un crayon appartenant à Marion ont également été ajoutés, avant d'être jetés dans des fougères près du monolithe et de n'être jamais retrouvés, même par le limier de la police.

Dans les deux versions, Irma, Marion et Miranda sont accompagnées pendant une partie de l'ascension du Rocher par Edith Horton, une jeune fille plus jeune, surnommée la cancre de l'école, qui pense que le Rocher est méchant. Si nous reconstituons le chapitre trois original en partant du principe que le moins de changements possibles ont été apportés, les filles décident dans les deux versions de se reposer à l'ombre sur une plateforme presque circulaire. Dans les deux versions, l'expérience devient étrange à partir de ce moment-là. Les trois aînées enlèvent leurs chaussures et leurs bas, et Irma danse pieds nus sur les pierres. Elle est toujours pieds nus lorsqu'on la retrouve sur le Rocher huit jours plus tard, mais ses pieds sont « parfaitement propres » et « sans aucune égratignure ni ecchymose ».[1] Ainsi, le Rocher est en quelque sorte isolé de ces humains ; sa poussière n'est pas troublée par leurs mouvements, ses pierres ne seront pas retournées ni maculées de sang par ce qu'ils font. Mais seule la chair vivante semble ainsi mise à l'écart ; dans les deux versions, les fibres végétales mortes de la mousseline et du calicot des filles sont déchirées par les cornouillers, même si l'on ne peut que supposer que leurs visages et leurs mains, comme leurs pieds, ne sont pas égratignés.

Après la danse, Miranda et Marion s'élancent, pieds nus, sur la petite côte suivante. Edith fait remarquer à Irma qu'elles agissent comme des folles. Irma se contente de rire, noue ses chaussures et ses bas autour de sa taille et s'élance à leur suite. Dans la version originale, c'est ici qu'Edith tente pour la dernière fois de les rappeler. Elle demande à Miranda : « Quand est-ce qu'on rentre à la maison ? » Mais Miranda ne fait que la regarder étrangement, comme si elle ne la voyait pas, puis lui tourne le dos et entraîne les deux autres vers le haut de la côte.

Edith les voit « glisser sur les pierres, pieds nus, comme sur un tapis de salon ».[2] A moitié pétrifiée, elle crie plusieurs fois le nom de Miranda d'une voix rauque alors qu'elles s'enfoncent dans des cornouillers et disparaissent de sa vue, jusqu'à ce qu'elle aperçoive « le dernier pan d'une manche blanche qui écartait des buissons devant elle ». Un « affreux silence » s'installe, et Edith se met à crier. Elle court, toujours en criant, vers la plaine, et l'auteure nous assure que ses cris ne sont entendus que par un wallaby qui se trouvait à proximité.

Dans la version publiée, la petite côte avec les cornouillers devient deux côtes et deux ensembles de cornouillers. Entre le moment où elle supplie Irma et celui où elle supplie Miranda, une partie du chapitre dix-huit a été insérée et modifiée. Là, Edith continue à avancer péniblement derrière les autres. Elle est présente quand Irma regarde la plaine en contrebas et aperçoit une « fumée rosée ou de la brume » et des gens qui semblent si loin qu'ils ressemblent à des fourmis.[3] Edith s'endort aussi avec les autres ; mais dans la version publiée - le chapitre trois modifié – elles dorment sur le plateau où se trouve le monolithe, et non sur le plateau suivant, près des Rochers en équilibre. Lorsqu'elles se réveillent, Edith supplie une dernière fois Miranda, avec les mêmes résultats que dans la version originale. Mais la topographie est devenue étrangement confuse : les trois aînées se déplacent vers le haut d'une côte et dans des broussailles, mais aussi

« disparaissent derrière le monolithe » au même moment.[4]

Le chapitre dix-huit appartient à la version originale, là où Edith s'enfuit sans monter plus loin que la plateforme où a dansé Irma. Un aigle plane dans le ciel tandis que les trois autres filles s'approchent du monolithe - comme un aigle planera, quarante jours plus tard, lorsque Mrs Appleyard (la directrice du collège) fera un saut mortel dans un précipice proche du monolithe. Edith revient en courant vers la plaine, et sur le chemin, elle aperçoit (au loin) la professeure de mathématiques du collège, Miss Greta McCraw. Miss McCraw, âgée de 45 ans, est en train de monter la côte, et n'est vêtue que de ses sous-vêtements. Tout de suite après, Edith regarde à travers des branches et aperçoit ce qu'elle décrit comme « un drôle de nuage » d'un « méchant rouge ».[5]

Edith étant partie, Joan Lindsay écrit (dans le premier paragraphe du chapitre dix-huit) qu'il y a « quatre personnes sur le rocher ». Il s'agit de Miss McCraw, Miranda, Marion et Irma. Nous savons qu'Irma revient vivante du Rocher, et devient une comtesse dont la fossette (lorsqu'elle sourit) est célèbre dans le monde entier. Il n'est donc pas facile de comprendre l'assertion de Joan Lindsay quand elle nous assure que pour Irma et les trois autres, les événements de Hanging Rock continueront à se produire « jusqu'à la fin des temps ». Ma propre interprétation est que, à la fin du chapitre dix-huit, les trois autres sont mortes, tout comme Irma le sera aussi, bien avant « la fin des temps ». Le dernier chapitre ne suggère pas que toutes les quatre pourraient un jour réapparaître vivantes sur le Rocher.

Précédemment, lors de la rédaction de *The Murders at Hanging Rock*, j'ai abordé le problème de l'interprétation des événements décrits dans la version publiée de *Pique-nique à Hanging Rock*. Mes cinq interprétations différentes étaient toutes aussi convaincantes que possible et étayées par des preuves détaillées tirées du livre ; mais chacune d'entre elles contredisait les autres parce qu'elles étaient fondées sur une école de pensée différente sur l'univers dans lequel nous vivons. D'un côté, le monde de la magie hermétique, de l'autre, le monde matérialiste des détectives. Le chapitre dix-huit pose un problème d'interprétation similaire, mais cette fois, je ne soutiendrai plus l'affirmation de Joan Lindsay selon laquelle la solution du mystère n'est pas importante. Je chercherai plutôt une seule et unique vision du monde qui rende le chapitre cohérent en soi, clarifiant ainsi ce qui se passe réellement et comment le chapitre est lié au reste du livre.

Les événements du chapitre dix-huit sont présentés presque entièrement du point de vue d'Irma et celle-ci est exclue à la fois de certaines sensations, les impressions que ses compagnes d'école ressentent, et de leur compréhension de ce qui se passe. Elle partage cependant leur incapacité à reconnaître Miss McCraw, incapacité qui ne peut s'expliquer par le fait que personne du Collège n'a jamais vu l'enseignante peu vêtue et sans ses lunettes. Edith reconnaît facilement la même apparition à sa silhouette particulière et confie : « Irma Leopold m'a dit un jour que la McCraw avait exactement la forme d'un fer à repasser ».[6] Même Irma ne sait plus se servir de cette ancienne perception.

La « femme clown » (que le lecteur connaît sous le nom de Miss Greta McCraw) est perçue par les trois filles comme une « inconnue » ; elle prétend ne connaître ni son propre nom ni celui des filles (bien que nous remarquions qu'au dernier moment, elle utilise le nom de « la jeune Marion »), sans avoir entendu les autres l'utiliser). Irma, Marion et Miranda n'ont aucune difficulté à se souvenir des noms des unes et des autres. Pour ce qui est de leur compagne, je ferai un compromis entre l'aspect « Greta McCraw » et l'aspect « femme-clown » et l'appellerai désormais « la McCraw ».

Les conversations ressemblent à celles du conte de Lewis Carroll *À travers le miroir,* les trois filles jouant le rôle d'une Alice en visite, tandis que la McCraw fait des déclarations oraculaires comme une habitante originaire du pays. Mais finalement, c'est Irma seule qui est l'Alice, ou l'étrangère. Dans cette zone, la présence d'Irma n'est supportée (semble-t-il) qu'en raison de la force de l'affection qui l'unit à Miranda. Irma accepte que l'on jette son élégant corset de satin français du haut d'une falaise, non pas parce qu'elle partage le nouvel état de conscience de Marion et de Miranda, ni parce qu'elle a oublié le monde qu'elle appellera plus tard « maison », mais plutôt parce qu'elle a un tempérament frivole et qu'elle ne fait vraiment pas attention à ses affaires malgré leur prix. Elle n'a aucune idée de l'endroit où les autres pensent « arriver », mais elle suppose qu'elle ira avec elles, tout simplement parce que Marion et Miranda sont ses amies. Elle semble ne pas remarquer que personne ne l'inclut dans le projet d'entrer dans le trou. Si Michael Fitzhubert n'était pas intervenu, elle aurait pu attendre dehors, sans comprendre, pour toujours.

Trois zones distinctes sont établies ici. Les aspirations et les intérêts d'Irma sont ancrés dans la première d'entre elles : le monde que nous connaissons tous. La deuxième est la zone de la « lumière incolore », où les cris d'Edith sont inaudibles et où la McCraw n'a pas de nom. La troisième zone est celle de l'expérience ultime, « la lumière », dans laquelle les compagnes d'Irma peuvent entrer.

Les deux zones non terrestres pourraient être traduites en termes occultes (le plan astral, puis la Réintégration), ou religieux (le Purgatoire, puis le Paradis, par exemple). Toutefois, si l'on se souvient de l'avis de la McCraw selon lequel les corsets sont « coincés dans le temps », un modèle plus probable est celui de P. D. Ouspensky, qui considère que le temps a deux dimensions supplémentaires que nous ne percevons pas. La première de ces dimensions supplémentaires est décrite comme le « maintenant perpétuel » de chaque instant ; la deuxième dimension supplémentaire est l'agrégat de toutes les possibilités. Ouspensky écrit que « si nous essayons d'unir les trois coordonnées du temps en un tout, nous obtiendrons une spirale ».[7]

Au monolithe, Marion et Miranda se sentent attirées par des forces agissant sous la forme d'une spirale - une spirale qui prend naissance dans le monolithe, mais dont l'alignement est différent des spirales verticales que les radiesthésistes disent percevoir sur d'autres monolithes. La force n'est pas ressentie par Irma, et les branches des arbres voisins n'en sont pas affectées ; nous devons supposer que la force agit sur les consciences sensibles, les entraînant dans un état approprié aux deux zones non terrestres associées à ce que j'appellerai maintenant le Temps Deux et le Temps Trois, noms que J.B. Priestley utilise dans son adaptation du modèle d'Ouspensky.

Priestley suggère qu'après notre mort physique, notre attention sera concentrée dans le Temps Deux, qui « pourrait bien sembler au début un monde de rêve incontrôlable, à travers lequel notre conscience erre comme Alice de l'autre côté du miroir ».[8] Ce Temps contiendra « toutes les sensations, les sentiments et les pensées qui nous restent de notre vie dans le Temps Un », et l'expérience qui y sera vécue ressemblera en partie au Purgatoire.[9] Au-delà de la purgation, nous passons au Temps Trois - la lumière blanche et l'abandon de la personnalité individuelle. Au cours de notre vie, certains d'entre nous ne sont conscients que de leur existence dans le Temps Un, bien que Priestley soutienne que notre moi total existe toujours dans les deux autres Temps aussi. Marion et la McCraw, avec leur passion pour les mathématiques pures - Miranda, avec son penchant philosophique - sont manifestement plus conscientes de l'existence abstraite que ne l'est l'étourdie Irma.

Le premier paragraphe du chapitre dix-huit est la raison pour laquelle on identifie le Temps Temps dans la scène des expériences étranges dont Irma ne se souvient plus jamais par la suite. Marion, Miranda, Irma et la McCraw sont entrées dans cette zone sans être mortes ; ainsi, leur conscience du Temps Un a continué à opérer, non pas dans le monde physique, comme c'est le cas habituellement, mais dans la zone de ce qu'Ouspensky appelle le « maintenant perpétuel ». On peut supposer que cette anomalie rend impossible l'altération du « maintenant perpétuel » de ces moments particuliers (alors que Priestley suggère que nous pourrions modifier le « maintenant » de moments plus normaux, après notre mort). La conscience du Temps Un n'est pas à sa place dans cette zone, car la mort du corps physique ne peut pas l'éteindre comme la conscience du Temps Un est éteinte normalement. Ainsi, l'expérience persiste indépendamment dans le Temps Deux, bien que les « moi » dont elle devrait faire partie aient pu progresser dans le Temps Trois, ou être à nouveau conscients dans le monde physique. Cela explique pourquoi les événements sur le Rocher sont considérés comme invariables et comme existant dans « un présent sans passé ». Le passé qui leur manque est l'existence dans le monde physique.

Cette interprétation est extrêmement déroutante, mais elle soulève la question très simple de savoir comment les filles et la McCraw peuvent être physiquement présentes dans ce type de zone. Même lorsque les gens envisagent ces dimensions temporelles supplémentaires comme s'il s'agissait en fait d'espace (sous un déguisement simpliste), ils ne s'attendent pas à ce qu'elles puissent être visitées par quelque chose de plus dense que la conscience. Il en va de même lorsque les occultistes envisagent le plan astral ; le corps physique doit rester ailleurs. Mais dans *Pique-Nique à Hanging Rock*, les corps physiques ont également quitté le monde de tous les jours.

Avant de donner une explication à cela, en écarter certaines. Le chapitre dix-huit montre que les personnes perdues n'ont pas pris une direction inattendue et se sont donc retrouvées dans un espace de dimension supérieure. D'une part, elles n'éprouvent aucun des effets visuels étranges associés à une telle aventure. Il n'y a pas non plus de justification aux bavardages de personnes qui ont entendu parler de la courbure gravitationnelle de l'espace-temps, et qui ont donc postulé un mystérieux effet gravitationnel associé au Rocher. Tout effet gravitationnel suffisamment extrême pour expliquer la disparition des pique-niqueuses (un petit trou noir de courte durée, par exemple) aurait des effets ultérieurs si désagréables - non seulement sur les filles et la gouvernante disparues, mais aussi sur le Rocher et ses environs - qu'il ne resterait plus de Rocher à fouiller, ni de terrain de pique-nique, ni de camarades de classe pique-niqueuses pour faire des commentaires sur tout ce qui serait étrange. Des objections similaires s'appliquent à l'idée que la couleur rose observée par Irma et Edith pourrait être causée par une gravité suffisamment forte pour modifier la longueur d'onde de la lumière, je vais brièvement en écarter certaines.

Pour expliquer les anomalies apparentes du chapitre dix-huit, j'invoquerai le modèle aborigène australien du surnaturel, que l'on traduit en anglais par « the Dreaming ». Dans la vision occultiste européenne, le corps d'un être humain peut se trouver en transe ou en train de rêver, tandis que la conscience se déplace sous forme astrale, invisible aux yeux des autres. De la même manière, nous pouvons penser que le paysage australien possède un corps astral qu'il utilise dans son « Temps du Rêve », et que les personnes et les ancêtres qui apparaissent dans les légendes du Temps du Rêve se déplacent dans la conscience astrale du paysage, après avoir été soustraits à sa conscience physique. C'est ce qui s'est passé pour les jeunes filles et la McCraw. Tout en restant dans la conscience astrale du paysage, elles ne sont que des êtres virtuels, elles n'ont pas de réalité physique, pas plus que leur décor étrangement éclairé.

Dans le chapitre « Bush Retribution » de *The Murders at Hanging Rock*, j'ai cité la révélation de Jung selon laquelle « certains Aborigènes australiens affirment que qu'on ne peut pas conquérir un sol étranger parce qu'on y trouve d'étranges esprits ancestraux qui se réincarnent dans le nouveaux-nés ». Cela suggère que Miranda et Marion, en toute ignorance, sont chacune une incarnation humaine d'un ancêtre australien pour lequel, dans le cas de Miranda, les scarabées sont une autre forme d'incarnation, tandis que Marion a un lézard pour totem. (Nous connaissons leurs totems parce qu'un lézard s'approche de Marion dans son sommeil, tandis que des scarabées de bronze tournent autour de la tête de Miranda - dans le chapitre dix-huit - ou bien se promènent sur sa cheville - dans le chapitre trois, qui a été modifié). Dans le Rêve qui raconte l'aventure du pique-nique, on peut supposer qu'un aigle de passage a laissé tomber un crabe là où dormaient le lézard et le scarabée. (La légende exigerait que le crabe soit transporté de loin, puisque l'esprit-ancêtre de la McCraw serait picte et non australien). Comme l'a suggéré le chapitre « Bush Retribution » (la vengeance du Bush), la judéité d'Inna l'empêche d'avoir un totem, ce qui explique sans doute aussi l'insistance finale sur le fait que ses petites mains « douces » sont

« blanches » : peut-être cela la définit-il à nouveau comme une non-Aborigène, une étrangère.

Les rêves de notre paysage sont étranges, et ils compliquent la nature déjà onirique du Temps Deux, qui en fait partie. Un nuage rose (ou fumée rose) est introduit pour marquer une frontière avec la réalité physique ; dans la zone du nuage (comme dans les royaumes légendaires des fées), le temps s'écoule à un rythme différent, de sorte que, bien qu'Edith se mette à courir aussi vite qu'elle le peut (avant même que les autres n'aient atteint le monolithe), elle arrive au lieu du pique-nique alors que les recherches de la McCraw ont commencé depuis une heure. (On peut supposer que la position de la frontière astrale se modifie, de sorte qu'Edith court d'abord dans le monde physique, puis dans la conscience astrale, jusqu'à ce que le nuage rose passe).

Le spectacle des corsets « coincés dans le temps » est en partie une confusion onirique entre les séquences d'événements et l'espace-temps représenté sur une feuille de papier ; mais le « temps » est aussi devenu un nom pour quelque chose de gluant, comme la « mer visqueuse » dans laquelle Michael Fitzhubert rêve qu'il se débat dans sa quête de Miranda (qui est en fait une quête pour réveiller le paysage). Comme dans d'autres rêves, il y a plusieurs types de signification pour ce qui est vu et dit ; les corsets pourraient aussi être figés dans le temps parce qu'ils sont une mode éphémère sur le plan historique. Nous ne serions d'ailleurs pas surpris si la McCraw avait expliqué qu'un corset reste là où il est parce qu'un autre mot pour corset est « stays » (reste). Il y a bien un effet de rébus dans ce rêve - comme s'il imitait des puzzles où « hear » (entendre) est représenté par la lettre « h » avec l'image d'une oreille. (Il est possible que ses élèves aient appelé souvent la McCraw « le vieux crabe »). Un modèle de rébus rend compte du cerveau plein d'intelligence et le cœur plein de compréhension que la McCraw prétend percevoir ; et le trou par lequel les pique-niqueuses passeront, après qu'on leur aura montré le vrai trou qu'est le néant positif du bouddhisme : une déclaration sur la réalité et un présage du Temps Trois.

L'esprit de la McCraw avait été longtemps occupé, non pas par l'égoïsme, mais par le monde des Formes ; et sa forme physique a si peu d'importance pour elle qu'elle prépare volontiers le terrain pour Marion et Miranda en se transformant en crabe. Elles suivent un serpent dans un trou dont l'embouchure est bordée de « feuilles meurtries en forme de cœur ». Le rébus se teinte ici de symbolisme freudien, comme si elles repassaient par la filière génitale pour une autre naissance dans un autre monde. Irma est abandonnée en tant que créature de boucles et de broderies, qui considère le monde physique comme sa « maison » (alors que Miranda a perdu tout souci ou regret pour les amis et la famille qu'elle laisse derrière elle).

Le rocher s'écrase sur le trou, c'est-à-dire que la conscience du paysage a refait surface dans le monde physique éveillé, et l'être virtuel s'est effondré dans la réalité. L'intervention de Michael Fitzhubert a fait cela. Irma et la scène autour d'elle sont soudain redevenus physiques, tout comme les corps de Miranda, de Marion et de la McCraw. Comme dans l'image produite plus tard par les filles hystériques du Collège, les personnes perdues « gisent en train de pourrir dans une grotte dégoûtante » - une grotte dans laquelle elles n'auraient jamais pu entrer, sauf dans l'état de Rêve du paysage. Les événements du Rêve leur ont épargné la période purgatoriale du Temps Deux que Priestley a prédit à la plupart d'entre nous ; leur passage dans le Temps Trois a été relativement indolore.

Le film et le roman publié de *Pique-nique à Hanging Rock* sont complets sous leur forme actuelle ; chacun, de manière différente, est une évocation de la nature australienne et de la curieuse fascination qu'exerce le Rocher. Quel qu'ait été le chapitre dix-huit, sa publication n'aurait jamais pu réduire leur caractère obsédant. Tel qu'il est, le chapitre ajoute à la mystique de Hanging Rock. L'intention initiale de Joan Lindsay est enfin révélée - mais son intention n'était pas de dissiper le mystère. La topographie du Pique-Nique est clarifiée, mais l'étrangeté demeure.

NOTES

1. Joan Lindsay, *Picnic at Hanging Rock*, Penguin, Harmondsworth, 1970, p. 106.
2. Lindsay, p. 39.
3. Lindsay, p. 38.
4. Lindsay, p. 39.
5. Lindsay, p. 64.
6. Lindsay, p. 66.
7. Cit dans J. B. Priestley, *Man and Time,* Aldus Books, London, 1964, p. 267.
8. Priestley, pp. 302-4.
9. Priestley, p. 302.

Ci-dessus : *Picnic at the Hanging Rock Races* (Pique-nique aux courses de Hanging Rock), 1900 par V. Hood.
Scène du film de Peter Weir, *Picnic at Hanging Rock* (*Pique-nique à Hanging Rock*)

Ci-dessus : Samara Weaving, Madeleine Madden, Natalie Dormer et Lily Sullivan jouent dans *Picnic At Hanging Rock*, la série télévisée de 2018.
En-dessous : Rippon Lea, dans le Victoria, utilisé comme décor en 2018.

Ci-dessus : Le « Hanging Rock », Mont Macedon, dans le Victoria.
En dessous : Anne Lambert dans le rôle de Miranda dans le film de
Peter Weir.

www.ingramcontent.com/pod-product-compliance
Lightning Source LLC
Chambersburg PA
CBHW042146170626
46815CB00006BA/330